KB111465

특별한 당신을
이곳에 담다

특별한 당신을 이곳에 담다

발행일	2020년 1월 30일		
지은이	정선희		
펴낸이	손형국		
펴낸곳	(주)북랩		
편집인	선일영	편집	강대건, 최예은, 최승헌, 김경무
디자인	이현수, 한수희, 김민하, 김윤주, 허지혜	제작	박기성, 황동현, 구성우, 장홍석
마케팅	김회란, 박진관, 조하라, 장은별		
출판등록	2004. 12. 1(제2012-000051호)		
주소	서울특별시 금천구 가산디지털 1로 168, 우림라이온스밸리 B동 B113~114호, C동 B101호		
홈페이지	www.book.co.kr		
전화번호	(02)2026-5777	팩스	(02)2026-5747

ISBN   979-11-6539-062-4 03810 (종이책)   979-11-6539-063-1 05810 (전자책)

(주)북랩 성공출판의 파트너

북랩 홈페이지와 패밀리 사이트에서 다양한 출판 솔루션을 만나 보세요!

홈페이지 book.co.kr   •   **블로그** blog.naver.com/essaybook   •   **출판문의** book@book.co.kr

정선희 시집

특별한 당신을
이곳에 담다

북랩 book Lab

1. 심곡사 가는 길

운무 드리워진

가을 깊은 산사에

황금비가 휘리리

날린다.

단풍잎 꽃 덩이 손

떼구루루 딩굴다가

나그네 발밑에

머문다.

2. 그 겨울

심곡사 오르는

조붓한 돌길에

그 겨울 외투 자락이

휘날린다.

풍경 소리

마냥 쓸쓸하구나.

3. 가을 합창

기왓장에 내려앉은

빨갛고 노오란

단풍잎은

조잘거리는

꼬마들의

가을을

노래하는 합창.

4. 은행나무

동네 어귀의 커다랗고

노란 은행나무 잎은

가을이 무르익어감을

눈짓하고

마치 지팡이를 짚은 노인의

걸음걸이를 재촉하듯

이파리를 흩날린다.

우리네 인생도

이와 같이

스러져가는구나!

5. 추운 늦가을 하늘

석류알처럼

붉은 구슬이

나뭇가지 끝에

조롱조롱 열렸다.

톡 치면 주르르 하고

쏟아진다.

새파란 하늘은

미끄러질 듯

얼음조각을 닮은

늦가을 하늘이다.

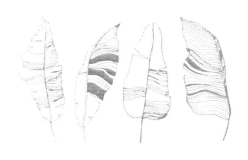

6. 깻잎 머리 소녀

촤르륵

흐르는 물에

깻잎을 씻는다.

문득 여고 시절이

생각나서

씨익 웃는다.

중학생티를 벗은 지

오래지 않은

옆 반 숙자는

그날도

앞머리를 납작이

눌러가며

그 옛날 동동구리무를

바르듯 누른다.

각진 가방을 들고

옷매무새를 다듬던

시절이다.

일전에 만났던 숙자는

희끗희끗한 머리카락에

쭈글쭈글한 손잔등을

뒤로하였다.

나이 오십 중반에

아마도 인생의 부침을

조금씩 알아간 흔적인 게지.

우리는 쓴 커피를

나누어 마셨다.

7. 작별

쪼그라든 물풍선 같은 젖가슴을 한

플라타너스 잎사귀가

가을에게 작별을 고하고 있다.

아직은 잎이 무성하고

등치도 제법 크더니

생에 시련을 견뎌내고 있구나.

큰 등치의 플라타너스 나무는

희뿌연 매연도 아랑곳하지 않은 채

가로수 길에 서 있다.

비록 잎은 메말라 가고 있지만

아직은 너 꼿꼿하구나.

특별한 당신을 이곳에 담다

8. 외로운 산노루

사람이 그리워

마을을 찾아 내려온

외로운 산노루처럼

너도 언젠간

무리 속의 한 사람이길

간절히 바랄 때가 있겠지.

사람은 혼자여선 안 돼.

우리 함께 이 길을

걸어 보자.

9. 어머니의 털신

추운 겨울이 되면 떠오르는

따뜻한 기억이 하나 있지.

새벽이면 누비 조끼를

휘익 둘러 입고

하얀 버선을 신은 다음

검정 바탕에 누런 털을

발목에 둘러 가며 댄

신발을 신고서

부엌으로 나가신다.

십구공탄 연탄불 위에서

국을 끓이고

가자미를 굽는다.

가마솥에선

밥이 부글부글 끓어오른다.

집 문밖에는 지나가던

오뎅 장사가 외친다.

외씨버선 발엔

따뜻한 추억이

하나 있지.

10. 갠지스강

시바신의 머리로부터

흘러나온 물줄기

갠지스강.

생명의 축복과 죽음이

공존하는 인생의 강

인간의 삶과 죽음을

품어주는 따뜻한

어머니의 강.

희비의 쌍곡선을 이루는

우리의 인생을

갠지스강에

묻어두고 왔다.

11. 바라나시 사람들

나지막한 집

소박한 일상

나른한 소

까무잡잡하고

새까만 콩 같은

까불어진 눈을 한 인도 사람

옹기종기 모여 사는 사람들

신을 거스르지 않는 삶

먼지를 뒤집어쓴 마을

자연에 순응하는 사람들

바라나시.

12. 거친 바다

고통의 계단을 넘어가면

슬픔의 바다가 출렁인다.

눈물은 큰 강으로 흘러

희망의 배를 띄운다.

넘실대는 거친 파도는

춤추는 해적들의 친구

피골이 상접한 노인의

등줄기를 타고 내려가는

땀이 바다를 가른다.

13. 명동성당

명동성당을

올라가는 계단은

고통의 십자가를 진

골고다의 언덕

지붕 위의 철탑에서

반짝이는 빛은

용서를 구하고

죄의 사함을 받는

기쁨의 빛이요

카타르시스다.

14. 아쉬운 너

반듯해서 올곧은 길이

하늘과 맞닿아있다.

굽은 지름길은

재빠른 사람들과 만난다.

모가 나지 않은 길도 좋지만

반듯한 길로

너를 만나러 가는

나는 좋다.

굽으면 굽은 대로

길들어가는 네가 아쉽다.

15. 미소

천사의 미소로 만나서

헤어질 때

뒤돌아서서 미소를

거두지 마라.

얼굴은 마음의

거울이니까.

16. 팔십 연가

아름답게 쌓아 올려 완성한 금자탑

당신

철학과 낭만이 철철 넘쳐흐르는
당신

위트와 재치가 반짝 빛나는 언어의 귀재

당신

백발은 이미 이마를 타고 흩어졌으나

영혼은 한겨울 언 밭에서 피어나는

알싸하고 파릇한 새싹

가는 청춘, 오는 백발, 단장으로

호령한다.

특별한 당신을 이곳에 담다

17. 인생은 오미자

인생은 쓰고, 달고, 맵고, 시고, 짠

오미자

새빨갛고 찰진 쫀득한 애착과

미움의 조미료가 버무려진 떡볶이

주렁주렁 가지를 매단 휘청한

나뭇가지

힘들어도 냉가슴을 가진 벙어리

그러나 거칠어진 손끝에서 최고의

예술품을 탄생시키는 작가.

18. 원시인

나는 호모사피엔스

너는 네안데르탈인이다.

재주도 좋지.

나는 너에게 우주의 시간을

초월하는 칩을 심어 주었지.

아침햇살 뚫고 함께 사냥도 했지.

그러나 너의 회로는 덜커덩거리며

원시의 대륙으로 돌아가고자

하는구나.

어쩔 수 없이 너는 비린내 나는

고깃덩어리를 먹는 네안데르탈인

진화하려면 다시 업그레이드된

칩을 심을 수밖에.

19. 사라진 전설

찬 서리에 얼어붙은

대접에 뜬 달에는

둘이서 꿈꾸던

다락방의

오래된 책 냄새가

풍겨나온다.

이제는

토끼가 방아를 찧는다던

그 전설은

사라졌다.

20. 노을빛 나래

나 무지개 따라 날겠어.

새로운 이상을 찾아

끝없이 날아가던

갈매기 조나단

살결은 주름졌으나

열정은 하얀 겨울눈 속에

피어 있는 꿋꿋한 인동초

얼음을 깨고

용솟음쳐 올라오는

송어와 같지.

우리는

노을 지는 하늘에서

청춘의 이름으로

왕성한 날갯짓 하며

푸른 꿈과

이상을 찾아간다.

21. 석화

너를 머금고 있으면

싱그러운 바다가

내 품으로 들어온다.

꽁꽁 언 정월의 바다는

한층 짙은 향기를

뿜어낸다.

무거운 삶의 지게를 진

사람들은

통통배를 타고

먼 갯가로 나가서

배 한가득 석화를

실어 온다.

바다 내음 가득한

뽀오얀 크림 같은

굴 한 입엔

뱃전에 부딪치는

하얀 포말이

들어온다.

22. 새해 첫 아침

밤사이

새하얀 빨래 같은 눈이

차곡차곡

내려와 앉았다.

달빛 별빛이

검은 눈썹을

깜빡거리며

속닥거렸지.

하얀 눈 위에서 놀다간

꾹꾹 밟은

발자국이 누구인지를

세배를 하러 가는

올망졸망한

발 도장이다.

23. 가족

넘어지고 다쳐도

기대어 울 수 있는

동네 어귀에 있는

그런 아름드리 느티나무

언제든 달려가

두 팔 벌려

끌어안을 수 있는

넉넉한 품을 내어주는

가슴

당신은 내가 가진

프리미엄.

24. 이방인

우리가

언제 만난 적이 있던가.

이제는

아득하게 멀어져간

전설일 뿐.

그대는

희미한 우리 안의 이방인.

25. 사랑

그대는

드넓은 태평양을

닮았지.

아리고 쓰린 가슴에 놓는

한 방의 진통제

긁히고 할퀸 데

바르는 연고

향긋한 향기와

상큼한 맛

그대 이름은

사랑.

26. 노란 영춘화

뽀얀 봄 햇살 가득한 앞마당에

쪼그려 앉으면

장독대 옆에 피어난

노란 영춘화 꽃잎 속으로

미끄러진다.

추억의 조각을 찾아 헤맨다.

사라진 그 시절의 노스텔지어

양어깨를 기대어 소곤대던 밀어(蜜語)들

애잔한 기억만이 남아

귓전에 맴돌고

다시는 돌아오지 않는다는

노란 손수건을 닮은 영춘화

아련한 그리움은

치유할 수 없는 향수

유토피아도 단꿈도 사라졌다.

27. 그럴 거면

따로 놀고

따로 먹어.

같이 가지 말고

혼자 가.

지키지 말고

반칙해.

같은 이불 덮고

다른 생각해.

마주 보지 말고

돌아앉아.

그럴 거면

결혼하지 마.

28. 미니멀리스트

60㎞로 달려간다.

머리 위 돌덩이 다 내려놓고

70㎞ 속력으로 뛰어간다.

가슴속 억장 홀홀 털어버리고

상념도 버리고 짐도 버리고

전속력으로 질주한다.

종잇장 들고 마의 속력으로 난다.

남은 인생은 미니멀리스트이니까.

29. 사월에

투명한 벚꽃 송이송이

휘날리다가

아카시아꽃 머금으면

금세

라일락 향기 향연이

벌어지고

파릇한 새봄의 알갱이가

툭툭 터져 나온다.

남산타워

사랑의 자물쇠는

지금도

사랑을 담고 있을까?

30. 술잔 속의 달

술이 왜 쓴가 했더니

술잔에 쓰디쓴 인생이 담겼고

술이 왜 단가 했더니

달콤한 인생이 담겼더라.

술잔 속에 왜

달이 담겨 있나 했더니

달도 취했더라.

술술 넘겨라.

그래야 인생도 술술

풀어버릴 수 있어.

31. 청산도 앞바다

처얼썩 처얼썩

짙푸른 검은 바다가

바람에 일렁일 때

청산도 바다에

한시름을 토해내었다.

파도야,

나 좀 데려가다오.

울부짖음은

파도가 삼켜버렸다.

32. 새끼 새

초록빛 물결을 타고

바닷새는 촐랑촐랑

신이 났다.

물속에 처박은 부리가

건져낸 물고기로

하루를 벌었다.

김 양식장의

주홍 부표 타고

바람결에 총총거리며

징검다리를 건넌다.

끼룩끼룩

어미가 부르는

소리는

아랑곳하지 않는구나.

33. 그리울 땐

그리울 땐

아득히 높은 하늘을 바라봐.

초록 나무 가지 끝에 걸린

까마득한 그리움을

맘껏 노래해 봐.

그리움은

선율을 타고

달빛을 따라서

그때 그곳으로

발길을 재촉하네.

34. 스킨과 그대

파르르 깎은 수염에선

싱그런

잔디 냄새가 나.

싱그런

잔디 냄새를 맡으면

막 수염을 깎은

그대 얼굴이 떠올라.

35. 자작나무 숲 여행

낯선 시간 여행자의 가을에

황금빛으로 물든 러시아가

내 청아한 마음에 들어왔다.

시베리아 횡단 열차를 타고

바이칼호를 비껴간다.

호숫가 둔치에

사랑스러운 자작나무 숲이

황금빛으로 물들면

그리운 편지를

묻어둔다.

발끝에 머문 노란 잎 하나

개울물에 떨구면

우리 집 촐랑이가 그립다.

36. 바이칼호

바이칼호에 배를 띄운다.

뱃전에 걸터앉아

청어 한 마리 구워놓고

차가운 보드카 한 잔을 따른다.

시린 잔 속에 든 시름은

바람에 소용돌이쳐 밀려오는

호수만큼 깊구나.

철썩이는 검은 호수가 울어대면

아련한 향수에

내 깊은 그리움을 토해낸다.

37. 가을 잔치

햇살이 이토록

눈부신 가을

어느 시골 마을에

코끝을 벌름거리는

향긋한 들깨 향이

잔치처럼 퍼졌어요.

길가에 서 있는

구부정한 해바라기는

간질이는 산들바람에

파란 하늘 보며

헤벌쭉 웃고요.

발그레한 감나무는

늘어지게 하품을 하고

살찐 가지는

휘청휘청 춤을 춰요.

동네 어귀 검둥개는

소란스런 가을 손짓에

컹컹컹 짖어댑니다.

38. 단풍나무 숲

단풍잎이 참 예뻐서

황홀해

가을을 앓기라도 하듯이

감탄하고

마냥 서 있는

내가 안타까워

오늘도 내일도

단풍 길을 걷는다.

이 자락길의 끝은 어디지?

가을이 끝나는 곳은 어디일까?

나는 언제 이 길을 끝낼까?

붉은 단풍잎처럼

마냥 뜨겁게 뜨겁게

걸어가자.

39. 가을 갈무리

바람에 나풀거리는 마지막 손짓

충만한 아름다움

다시 돌아오리라는 아쉬운 몸짓

갈대밭에서는 이리 오라며

춤추고 노래하는

가을 잔치에 초대를 한다.

냇물은 바람에 이리저리

흘러가며

몸을 맡기고

풀숲 냇가의 철새는

따스한 남쪽 고향으로

돌아갈 채비를 하고

가을 텃밭은 씨앗을 담고

잔뜩 움츠리며

더욱더 단단해질 거라고

약속을 한다.

40. 겨울 마중

소나무 가지 품으로

와락 안기어오는

하얀 눈발

싸아한 사이다 같은

십이월을 마신다.

41. 지금 사랑한다고 말하세요

그 사람이 떠나기 전에

사랑한다고 말하세요.

어설픈 사랑이었지만

후회하지 말고 어서요.

이제라도 맘껏

안아줘야 내가

미래를 살 수 있어요.

불덩이 같은 가슴 속

응어리 만져주어요.

이듬해 뿌리려고 둔

바싹 마른 씨 옥수수는

메마른 사랑

그러나

이듬해 움트는

생명의 씨앗.

42. 댓글

당신이 좋아요, 엄지 척.

당신이 싫어요, 우울해요.

감정을 그대로

내버려 두지 말아요.

감정은 생각 주머니에

담긴 두뇌 활약.

생각은 바꿀 수 있어요.

나는 휘둘리지 않고

당당하게 살 수 있어요.

나는 특별하고

멋진 사람이니까요.

43. 실버

종착역 가기 전

반 정거장에 이르렀습니다.

평생 한 길을 달려오니

굳은살 박인 고집이

보입니다.

이젠 다른 길을 걸어요.

말랑해진 해마로

새로운 신호체계와

접속해 봐요.

종착역 기다리지 말고

인생 속으로

계속 걸어가요.

44. 특별한 당신

태초에 어둠과 혼돈 속에서

지구와 태양과 뭇별들이

탄생했다.

은하수 한가운데서

지구별로 떨어진

점 하나

신비를 품은

우주의 별 하나

바로 당신이잖아요.

태초의 반짝이는

유전자 당신

용기 내어 멋지게

빛내세요.

45. 별난 아이콘

우리는 서로 모릅니다.

수억만 년 동안 처음 만나는

독특하게 반짝이는

별입니다.

그러나

한 테이블에

마주 앉으면

배려의 아이콘이 됩니다.

따뜻한 손 마주 잡고

마주치는 별의

온기와 입김을

은하수 바다 위에

찬란하고 아름답게

퍼뜨립니다.

46. 겨울 산

얼음처럼 차가운

겨울 산 하늘은

뜨거운 분노를 급랭한다.

까맣게 타버린 겨울나무와

재가 되어버린

바삭한 나뭇잎들은

겨울 산에서

자양분이 된다.

들끓는 아우성은

산에서야 그친다.

47. 책

그곳에 길이 있다.

여러 갈래로 나 있다.

이 사람 저 사람이 간

발자국도 있다.

그 길로 가면

후회도 만난다.

그 길로 가면

깨닫는 즐거움도 있다.

그 길로 가면

지혜의 숲도 있다.

그 길로 가면

새로운 길도

발견한다.

특별한 당신을 이곳에 담다

48. 내일이 오는 기쁨

겨울 산 마른 풀들은

내년을 기약하는가?

어느 누구에게도

내일은 없다.

지금 이 순간은 있다.

한순간의 총화는

이듬해 꽃망울을

불꽃같이 터뜨린다.

49. 가을 드로잉

늦가을은 수채화 드로잉

색채도 다양한

황금빛 조각들이

작품 전시를 해요.

우리 동네 콘크리트 숲을

덧칠해놓고

아름다운 조각들을

선물하고 떠나요.

퇴색이 이렇게 빛나고

화려한 이유는

다 내어주고 떨구어도

새 꿈을 담으러 떠났다가

화려하게 다시

돌아오는 까닭이죠.

50. 함께 해요

비탈진 언덕에

비스듬한 나무는

해가 뜬 먼 데를

함께 바라본다.

들과 풀과 바위와

가시덤불은

서로 엉켜 있다.

겨울새들의 응원으로

함께 겨울나기를 한다.

51. 가을 단상

여름과의 이별이 싫은지

민들레는 피어 있고

솔방울은

가을 소풍 나왔다.

함께 가을로 가자고.

52. 내 고향 툇마루

툇마루에 앉아

상추 한 쌈 크게 먹던 때

칼칼한 찹쌀고추장을

소환하는

푸근한 품 같던

엄마의 치마폭은

내 꿈을 가꾸던 곳

초등학교 갔다 오면

더운 타이츠와 빨간 가방을

벗어던지며

툇마루에 덜렁 누워

뭉게구름에 이름 붙여주었지.

양 떼 구름, 솜사탕 구름, 토끼 구름

그건 바로 내 꿈을

외지로 실어 나르는

나룻배였다.

내 추억을 소환하는

그리운 툇마루는

그 시절

옆집 아주머니도 그립다.

푸른 하늘을 닮은

꽃송이가 달린 니트와

회색빛 주름치마와

빨간 구두는

나 어릴 적 꿈을 가꾸던

시절의 증거 유물.

내 꿈은 아직도

내 안의 유산.

53. 아름다운 사람

뒷모습이 아름다운

그대

콘크리트 숲에 있어도

밀림에 있는 것 같아

카야를 닮았어.

피아노와 숲과

열정을 가진

날렵한 콧대와

흐트러진 머리카락

그대.

54. 여름아 안녕

뜨거운 해가

붉은 혀를 내밀어

우리를 말아 삼키려 한다.

한껏 달아오른

한여름 매미가

카랑카랑 울어대더니

껍질은 벗어던져

나동그라지고

어스름한 달빛이

내려앉는 저녁엔

귀뚜라미 소리 찌륵찌륵

참 반갑다.

빳빳하게 풀 먹여 시원한

베 홑이불 들썩이니

강릉 바닷가 거친 파도가

철썩이며 부딪치는 소리가

요란하다.

너와 치열하게 싸우고

이젠 눕는다.

55. 사랑의 진실

사랑의 본질은

영원하지만

가꾸어지지 않은

사랑은

시간의 법칙에 따라

변질이라는

화학반응을 일으킨다.

하나님의 사랑은

본질의 사랑

내 어머니의 사랑은

영원한 사랑.

56. 봄비 내리는 풍경

종종걸음치며

달리는 빗줄기는

뭐가 그리 바쁜가요?

연잎 위에

진주 이슬방울

놓아두었는데

청개구리는

연잎 우산 쓰고

모른 척

비 긋기만 기다려요.

연잎 푸른 빛깔은

청개구리 살결 닮아

보들보들하여라.

57. 낚였다

아름다운 교정에서

보따리를 싸고 나왔다.

나에게 자유가 찾아왔다.

음, 음, 심심해.

게으름뱅이가

내 자유를 해킹했다.

그러던 어느 날

나는 그녀에게 낚였다.

김미경.

그 어장에서 나는

월척이 되고 있다.

58. 꿈

내 심장 속에는

스프링이 있다.

잠이 들기 전에는

언제나 움직이는

마법이 있다.

격동, 용기, 희망, 기쁨, 모험

즐거움과 함께

항상 뛰어놀고 있다.

59. 아침 창을 열면

태양이 비치는

아침 창을 열면

햇살이 가득 펴져옵니다.

마음 창을 열면

행복이 또르르 굴러옵니다.

행복의 창을 함께 열면

관계의 즐거움이

주파수를 타고

울려 펴집니다.

60. 은빛 둘고기

조그맣고 여린 은빛 비늘

파드득파드득 저으며

내 치마폭에 안겼네.

깨몽, 깨몽

뽀얗고 동그란 찹쌀 반죽 위

큰 왕방울 기다란 마늘쪽

빨갛고 도톰한 앵두

파란 호수만큼 이쁜 볼우물

누구게요?

쉿, 비밀이냐고요?

아뇨, 마음껏 외쳐 볼래요.

세상에서 가장 예쁜

내 딸이고요.

은영이라 이름 부르죠.

맘껏 안아주지 못한 것 같아

가슴 한구석이 저렸다고요.

하얀 눈이 내리면

서른 번째예요.

이젠 한여름의

무더위쯤이야

물리칠 수 있어요.

한겨울의 강풍도

날려버릴 수 있어요.

폭풍이 몰려와도

우뚝 설 수 있는

근육이 생겼어요.

은빛 물살 가르며

이젠 바다로

헤엄쳐 갈게요.

61. 우물

나에겐

오직

그대만 보여.